eduarda vaz

coleção Kairós

HECATOMBE
dezembro de 2022

DAS VEZES QUE LUTA-MOS SOR-RINDO

HECATOMBE

rua do caju, 478
jardim das cerejeiras
cotia — sp
06724-015

[55] 19 9 82411532

sumário

O QUE A GENTE FAZ JUNTO

pelos que foram e pelos que estão.

[prefácio]

Das vezes em que paramos para respirar

No início, só havia o ar, então fez-se a palavra, o som e a voz. O que você prefere primeiro? Pergunta-nos Eduarda, que peço licença para chamar de Duda. Como a poeta fala, não há como se trazer um rio para dentro de casa, ainda que se tente apanhá-lo com a ternura das mãos. Sublinhe essa parte, a ternura de Duda está nos detalhes e na singeleza.

Duda vai, assim como Penélope, tecendo com seus dedos e fazendo emergir as palavras, que brotam em poesia e desabrocham em sensações. Diferentemente da mulher de Ítaca, Duda não desfaz ao anoitecer, mas as mantém firmes, trançadas em laços de quem sabe o que faz, marca de poeta habilidosa.

Assim como em sua produção contínua, Duda nos surpreende com formatos variados, com poemas extensos e também menores, que nos atingem como que por um nocaute, dizendo que devemos parar para respirar e prestar atenção no todo, principalmente no que ela não diz. Ela pega na mão do leitor e nos conduz, sem suavizar, mas estando conosco o tempo inteiro em tudo o que nos diz.

Duda, poeta por inteira, traz suas palavras pulsantes e cheias de vida para todos nós, para que tenhamos contato com o que há em seu interior, seus pensamentos, ideias e maneiras. Te convido, leitora ou leitor, a adentrar no bosque eduardiano, mas já aviso que, depois de entrar, você não quererá mais sair. Aproveite cada palavra, afeto e alento, Duda sabe o que faz. Te espero terminar.

Com amor,

LUÍS FELLIPE

autor de *O que você deixou quando partiu sem me dizer*

RECONHECIMENTO

o que você prefere primeiro?

má notícia:
estamos sozinhos

boa notícia:
dá para se fazer tudo
a partir daí
inclusive
um encontro de solidões

ps: tudo depende do que a gente inventa
do que a gente enfrenta

apesar de

você me põe em risco
porque
quer riscar meu nome
da lista dos vivos

e por isso mesmo
eu me arrisco

na lista dos vivos
meu nome
vai sempre piscar
como sobreaviso:
eu vivo

apesar de você

ainda há

as pessoas correndo do fim do mundo
manchadas
de saudade
•
do que tinham do que foram do que sentiram

nada é justo
mas ainda há fôlego

espaço entre o trem e a plataforma

você você você
isso mesmo
você
está me ouvindo?
você você você
você
você mesmo
perceba bem
quanto mais você cortar o outro
mais fugir do outro
mais negar o outro
mais você
você você mesmo
vai sobrar
ou talvez
em outras palavras
só você vai sobrar
só
vai sobrar só
você você você

você mesmo
espero que se aguente

eu prefiro ainda
te convidar
pra vir comigo
você você mesmo
perceba bem
é um convite a você
você mesmo
mas não passo dessa linha
é um convite
só dá pra ser isso
um convite
ainda
lembra
mas só
se você você mesmo
quiser ser nós

para aquilo é preciso

é preciso lembrar de dar
a cara ao leão
de segunda a segunda
com minutos de pausa

estar atenta

eu dedilho as cicatrizes
para lembrar o movimento do
corte
da
ferida
que fizeram em mim
eu aprendo e lapido a técnica

cuidado ao virar a esquina

te aviso

enquanto meu corpo for atacado
como um território
a ser
tomado domesticado declarado
posse
colônia
feudo
o meu discurso

vai ser sempre
de guerra

por mim

apontar

abrir mão
para abrir-me as mãos
porque todo sim
é antes um não

PERFURAR

sagitário

antes dela ir embora
me disse que deveríamos
esperar agindo
que não não dá para se aquietar
dentro de casa dentro do corpo
e me ensinou que se a gente se aquieta
adoece
e não a gente não se aquieta porque quer
mas porque cansa
de agir de esperar de agir esperando
de esperar agindo
só que só existe esse jeito
mesmo no cansaço
a gente descansa esperando
porque
toda pausa é fôlego
e todo fôlego é ação

ela já se foi
porque o tempo ultrapassa o corpo

porque há quem mande no tempo
e decida quem vale viver

mas eu te digo
como ela me disse
e como eu não pude dizer pra ela de volta:
esperar agindo
tomar pausa e fôlego
ação

uma questão de classe gramatical

cada fratura
é feita do mesmo
grito
risco:
vão

se há som, há propagação

li que alguns corpos
depois que já sem vida
gritam

e isso me confirma:
nunca vão nos tirar
o grito

rouge ou ruge

quanto mais mais mais delicado
maior a chance de quebrar
o rosto
da boneca de porcelana
maior a chance do rosto
da boneca de porcelana
cortar o dedo de quem tentou segurar
a boneca de porcelana
de quem tentou prender
a boneca de porcelana
na estante pra encher de pó

quanto mais mais mais delicadas
querem as bonecas
mais mais mais vezes as bonecas
vão quebrar
mas só quebram o rosto as mãos os sapatinhos
porque nem mesmo lhes dão corpo

dizem
bonecas de porcelana só precisam de rosto
e bochechas coradas

digo
bonecas de porcelana são medonhas

e eu aposto
que estão sempre ansiosas pra se atirar
pro chão
e cortar o dedo
de quem lhes pintou um sorriso

imagem

a perfeição é um tipo de violência
reproduza ao invés de *seja*
aceite ao invés de *questione*
finja ao invés de *sinta*
pretenda

por isso
a minha guerrilha
é rir com os botões da calça abertos

breve lista sobre chegadas

1. aprender a pendurar a pressa no gancho das horas
2. limpar o desconforto no capacho de entrada
3. beber o sim no primeiro copo d'água
4. fazer do silêncio a visita esperada

alguns dos jeitos de não entregar a liberdade, de enfrentar

no mesmo vagão que eu
estavam todos os de cores tropicais
com bandeiras
presilhas de pérolas bolsa a tiracolo
camisa de botão
e um desejo: arma na mão
ainda
me pergunto: ainda?

no mesmo vagão que eu
havia
duas mulheres pretas
de mãos dadas
concentradas nelas mesmas
nos carinhos de ombros encostados
uma na outra
rindo
falando de se casar
num futuro

ainda bem
afirmo: ainda bem

enquanto
encontrarmos o jeito
de entreabrir os lábios
encaixar os dentes
para além de só rangermos
encarnar o riso
sorrir
apesar deles
em confronto a eles
existe sim esperança

frutos de eva

para as mulheres da minha família

não coma
e comeu

o maior pecado da mulher
é descobrir o poder de decidir

pecaminosa é aquela que diz
é isto é aquilo é nada é tudo é um pouco mais
porque eu quis

não bastava ver a maçã
escutar sobre a maçã
pensar sobre a maçã
levantar-se sobre as pernas para ir até a maçã
pisar para chegar à maçã
tocar a casca da maçã
sentir o peso da mão somado à maçã

girar para a esquerda a maçã
ter a maçã colhida

eva escolheu comer a maçã

escorreu o suco no canto da boca
limpou o suco com a língua passando fora
sem nada a esconder por dentro nem mesmo a
língua
afiada que perguntou
quer um pedaço da maçã?

o seu sim explode o paraíso
abre a fissura do mundo
da qual escorrem filhas
que dizem durante o dia a noite e os sonhos
é isto é aquilo é nada é tudo é um pouco mais
porque eu quis

pecadoras natas
que escutam
todos apontarão olhe lá a mulher que comeu a
maçã
leve essa maçã consigo
sua culpa seu caos

e com eva
limpam o suco do canto da boca com a língua afiada
carregam a maçã acima da cabeça
perguntam
sorrindo
quer um pedaço?

turbéculo

na caixa de pandora vingaram
todos os frutos negados
quando te roubam o ventre
para a fabricação do corpo
do progresso
ressignificar o nome te dado de galinha
de granja de produção seriada
é chocar os gritos no calor da caixa
escondida debaixo da terra
                    [eles nunca a ela se ajoelham
                    nem sujam nela os dedos]
terra
dimensão dos mortos
reino das filhas que menos do que quase
nasceram
o inferno dos infernos nunca foi de hades
o inferno dos infernos é sempre delas
de perséfone
de gaia

a vida nasce da contração
feito um berro:
pandora, vamos

detalhe

eu nasci pra te deixar
de boca aberta
lembre-se disso

* * *

O QUE A GENTE FAZ JUNTO

ainda que não seja onda

talvez
a primeira libertação da voz
criou-se pelo traço
tinta marcada vinda
da pena de pássaro
privilégio sorte recurso ínfimo
das moças guardadas
nos palácios

talvez
a primeira libertação da voz
esticou-se pelo canto
escondido nas beiras de rio
durante o esfregar
dos panos e das roupas
destino trabalho recurso necessário
das moças guardadas
nos campos

talvez
a primeira libertação da voz

acalentou-se pelas receitas
ao fogão à lenha e às panelas
tempero toque
dos caldos das tortas das comidas
acrescentados sempre de um
segredo
amor reza uma pitada a mais de sal
carinho ofício recurso característico
das moças guardadas
nas cozinhas

a voz sempre encontrou uma saída
escrita melodia receita
profecia

sobre águas-vivas e dias

li que as águas-vivas
são
para sempre
que se dividem por
elas mesmas

quando se vê
uma água-viva
são duas águas-vivas
que são três que são sete
logo não importa
quem era a primeira água-viva
só que são infinitas águas-vivas
brilhando ao mesmo tempo
nem elas próprias sabem que
são águas-vivas que
vieram de outras águas-vivas

como os dias mais felizes
dos meus dias felizes

que se repartem um do outro
e mal percebem que são
os dias mais felizes dos meus dias

que se têm um no outro
que estão lá
ainda que o oceano
seja tão escuro

larissa

a risada é sempre uma quebra
entre a linha dos lábios
uma brecha
aquilo que consegue ser bom
depois de uma ruptura
depois do fim de retidão
depois do infinito silêncio

a risada em espanhol é
la risa
que se pronunciada com uma vibração
tem o mesmo som do nome da minha amiga
larissa
foi ela quem me ensinou
que a risada é sempre uma quebra boa
ela havia aprendido de uma amiga
que a alegria é um mandamento divino
ela havia aprendido de uma leitura do geovani martins
que a alegria é uma forma de resistência

foi ela quem me ensinou tudo isso
larissa
como o termo “la risa”
que todas as vezes que falo me faz me lembrar
dela
assim como todas as vezes que eu me lembro
dela
larissa
me faz me lembrar de sorrir
de arranjar uma quebra
entre o infinito silêncio
la risa
una vez más
há que se recordar
larissa

sempre errei frase feita

riu até *viver* de rir

fofoca

a vizinha da aula de música
sabe falar *hola cómo estás*
no no pasa nada nos vemos
e eu agora sei o som das
castanholas e a melodia do violão da aula inicial

a gente aprende com as janelas
sem nunca ter visto os professores

ela não sabe a minha altura
mas eu sei que a sua casa é temporária
que ela tem uma risada estridente
e um péssimo gosto para podcasts
e imagino que ela saiba
que eu choro bastante
que contei cada lua cheia
porque toda vez eu fiz questão
de gritar ai lua você tá tão bonita

a gente
descobre

que a companhia
também entra
pelas janelas
e aumenta de volume se você aproxima o ouvido da
tubulação

minha avó
colocava a cadeira de plástico na calçada
para ver a vida da rua
e eu
vasculho janelas e azulejos

é só um jeito um truque um toc
de fazer a sua solidão
encontrar com a solidão de alguém

mas outras vezes
a minha solidão se encontrou com ela mesma
e foi bom
muito bom
bom mesmo
como quando o quadrado de sol
aumentava a minha vitamina D
ou quando mudava uma receita e errava
ou quando ficava em

quase
completo
silêncio
porque o gabriel sempre apronta
e leva bronca o dia todo em um prédio que eu
não sei
até anotei algumas nos cadernos das prateleiras

a propósito eu vou deixar as prateleiras
quando me mudar
porque elas guardaram muitas coisas
quem chegar precisa ter onde guardar as suas
próprias coisas
e sentir que não está guardando sem companhia
essa pessoa vai conhecer
o gabriel a avó do gabriel o cachorro do gabriel
e a vizinha da aula de música
essa pessoa vai dividir comigo
os segredos dos canos hidráulicos
vai saber que eu estive aqui
por esse presente-vestígio

e eu vou aprender o nome da nova vizinha
que deixa os sapatos do lado de fora
vou conhecer as outras paredes

as outras janelas
os outros canos hidráulicos
aqui é o que me fez

todos os dias

não permitiremos
que a liberdade
seja uma rotina de
exceção
mas uma rotina de
exercício

abrir caminhos

para mariana e maria alice

uma e outra
eu sou
porque
você foi

eu sou
porque
você me disse
vem ser também

eu estou sendo
porque
você está sendo

eu estou indo
porque
você indo me lembrou
de que até ali
já fomos
precisamos de ir mais

en esta mar de duda
a pergunta é remo

eu ainda sou
porque
sou com você
porque
elas
precisam de ser

eu ainda vou
porque
vou com você
porque
para elas
eu também
preciso dizer
vem ser

eu vou
eu sou
com você
com elas
comigo
você vai

você é
contigo
comigo
com elas
vamos
somos

agrado

08 de agosto
é dia internacional dos gatos
no último dia 08 de agosto
eu só soube que era dia dos gatos
por causa da aline
ela me disse que cometa tinha comido sachê
porque era dia dos gatos
e ela queria dar um agrado
para todo agrado que ele lhe tem feito
eu acho isso bonito
e hoje eu entendo
eu desci para comprar um sachê também
mas para minha gata
a damasco
ninguém nunca achou que eu teria gatos
nem mesmo eu
ninguém nunca achou que eu teria um bichinho
nem mesmo eu
ninguém nunca achou que eu desceria para com-
prar um sachê

nem mesmo eu
eu sempre tive medo de bicho
do carinho afoito dos cachorros
do miado dos gatos
do imprevisível que eles abriam
dos móveis estragados
se eu pudesse eu fugia
porque é mais fácil atravessar a rua
ou pular no colo de alguém
para correr do medo
mesmo que o medo fosse de coisa que não é pra
dar medo
mesmo que o medo fosse de coisa que só queria
amor
mesmo que o medo fosse de coisa que só queria
amar
como um bichinho
como o cometa a damasco a lili a loly o romeu a
miss
o tinho o carlos viviano o atum a kyra a lis
e como todos os outros gatos que eu conheci
e como todos os outros cachorros que eu conheci
e como todos os outros amores de quem eu corri
o medo sempre estava ali
ocupava tudo

feito inquilino indesejado
mas que é difícil despejar

até que algo se quebrou
criou fresta ar vazio
espaço
até que a damasco apareceu
até que a damasco deixou de ser mais uma gata
e passou a ser damasco damasquinho quinquin
quinquinzinha
bonitinha queridinha maluquinha
tantos vários inhas que eu nunca tive coragem de
dizer
quanto mais pequenininha
mais cabia em outros pedacinhos
fechados
duros
medrosos
enrijecidos pelo dia pela pressa pelo ranger do
medo
quanto mais inha eu dizia mais eu ria
dos diversos jeitos de chamar
minha amorzinha
de ser mais cafona toda vida
de não mais estar sozinha

dia 08 de agosto
a aline me lembrou
que era dia internacional dos gatos
só porque ela tinha acabado de fazer
um agrado
para quem tanto lhe dá agrados

para você

há que se aproximar a atenção para notar
o segredo
este poema é só seu
agora ninguém mais se conecta com ele
porque é você que quero nele
e se alguém recitar este poema
e várias pessoas o ouvirem
mesmo assim este poema é só seu
porque é você que quero nele
você que lê ou que ouve
é pra você que eu estou escrevendo
eu escrevo pelos mortos
e também pelos que virão
mas é pra você que escrevo
entre por e para
você sempre vai ser minha finalidade
eu escrevo para você
mas por quê?
porque me deu na telha
simplesmente porque me deu na telha

e eu fiz uma pausa para escrever
a literatura não tem razão
a gente tenta arranjar
eu não sei o que você vai arranjar com este poema
eu não sei o que você vai arranjar com o livro
em que este poema está
mas lembre-se sempre
de que eu escrevo para você
na dúvida
isto aqui vai ser sempre para você
se você existe
e você lê o que eu escrevo
lê o que eu escrevo pelos mortos
lê o que eu escrevo pelos vivos
porque simplesmente me deu na telha
e eu fiz uma pausa para escrever
e te encontrar
se você existe se você lê ou se você escuta
isso basta
você está aqui comigo
e eu estou aí com você
isso basta

lembrete

o que foi dito
permanece fértil

* * *

Eduarda

Vaz

(Volta Redonda, 1997) é poeta, professora e revisora. Licenciou-se em Letras: Português/Espanhol pela Universidade Federal do Rio de Janeiro. É mestra em Letras Neolatinas pela mesma universidade. Acredita que a voz, quando se faz palavra, dança. Por isso, escreve. É autora de *Aresta* (Macabéa Edições, 2017) e coautora de *sussurro: cantos de chuva* (Editora Urutau, 2019). Tem poemas publicados em diversas revistas literárias e antologias.

HECATOMBE

[EDIÇÃO]
debora ribeiro rendelli
[REVISÃO]
juliana palermo
[DIAGRAMAÇÃO]
victor h. azevedo
[PROJETO GRÁFICO E CAPA]
wladimir vaz
[COORDENAÇÃO GRÁFICA]
tiago fabris rendelli

dados internacionais de catalogação na publicação (CIP) de acordo com ISBD

vaz, eduarda
V393v das vezes que lutamos sorrindo / eduarda vaz. — cotia : hecatombe, 2022. 56 p. ; 11,5 x 18cm. – (coleção kairós)

ISBN: 978-65-5900-400-3

1. literatura brasileira. 2. poesia. I. título. II. série.

CDD 869.1
2022-3809 CDU 821.134.3(81)-1

elaborado por vagner rodolfo da silva - CRB-8/9410